L'Ombre des Alpes
Opération Nachtfalter

Dorothee Berg

L'Ombre des Alpes
Opération Nachtfalter

Mystère

En application de l'art. L.137-2.-I. du code de la propriété intellectuelle, toute reproduction et/ou divulgation de parties de l'oeuvre dépassant le volume prévu par la loi est expressément interdite.

© Dorothee Berg 2024

Relecture : Prénom Nom ou entité
Correction : Prénom Nom ou entité
Autres contributeurs : Prénom Nom ou entité

Édition : BoD · Books on Demand GmbH, In de Tarpen 42, 22848 Norderstedt (Allemagne)
Impression : Libri Plureos GmbH, Friedensallee 273, 22763 Hambourg (Allemagne)

ISBN : 978-2-3225-4415-8
Dépôt légal : Septembre 2024

Cette histoire est purement fictive, née d'un dialogue entre auteur et l'IA

PROLOGUE :
LES ORIGINES DU MYSTERE

Université de Heidelberg, été 2008

La chaleur estivale pesait lourdement sur les vieux bâtiments de l'Université de Heidelberg, leurs pierres séculaires exhalant l'odeur caractéristique des livres anciens et du savoir accumulé. Dans l'amphithéâtre bondé, l'atmosphère était électrique, chargée de l'enthousiasme des jeunes esprits venus de toute l'Europe pour assister à la conférence internationale sur l'histoire médiévale.

Au premier rang, Adrian Verner, un étudiant suisse de 22 ans, se démarquait par sa posture alerte et son regard vif. Ses cheveux bruns en bataille et sa chemise froissée trahissaient les longues nuits passées à étudier, mais l'éclat dans ses yeux bleus révélait une intelligence acérée et une curiosité insatiable. Ses doigts tapotaient nerveusement le bord de son carnet, un tic qu'il avait développé au fil des années d'études intensives.

Le silence se fit lorsque le professeur Maximilian Kruger monta sur l'estrade. À 60 ans, Kruger était une sommité dans le domaine de l'histoire européenne. Grand et mince, ses cheveux gris soigneusement coiffés en arrière contrastaient avec l'atmosphère décontractée de l'amphithéâtre. Son costume trois pièces impeccable et ses lunettes à monture dorée lui donnaient l'air d'un aristocrate d'un autre siècle.

"L'histoire, mes chers étudiants," commença Kruger, sa voix autoritaire résonnant dans la salle, "n'est pas seulement une suite d'événements. C'est un tissu complexe de secrets, de mensonges et de révélations cachées." Ses yeux bleus perçants balayèrent la salle, s'arrêtant un instant sur Adrian.

Adrian, assis au premier rang, buvait chaque mot. Il sentait que derrière le charisme de Kruger se cachait quelque chose de plus profond, de mystérieux.

Lors de la pause, dans le couloir aux murs ornés de portraits d'érudits du passé, Adrian fit la connaissance de Claire Lemaire, une étudiante française de 21 ans. Ses cheveux bruns coupés court et ses yeux verts pétillants d'intelligence contrastaient avec son attitude réservée. Vêtue d'un jean et d'un blazer élégant, elle dégageait une aura de sophistication parisienne.

"Qu'as-tu pensé de la conférence du professeur Kruger ?" demanda Claire, alors qu'ils se dirigeaient vers la cafétéria aux grandes baies vitrées donnant sur les jardins luxuriants du campus.

Adrian haussa les épaules. "Fascinant, mais j'ai l'impression qu'il ne nous dit pas tout. Comme s'il cachait quelque chose."

Leur conversation fut bientôt rejointe par Erik Hoffmann, un jeune Allemand de 23 ans au regard perçant et à la carrure athlétique. Ses cheveux blonds coupés court et sa mâchoire carrée lui donnaient un air de militaire, contrastant avec l'élégance décontractée de son pull à col roulé noir.

Thomas Müller, un Suisse de 24 ans, compléta le groupe qui se forma rapidement, uni par une passion commune pour les mystères du passé et une méfiance grandissante envers Kruger. Ses lunettes à monture épaisse et son air distrait cachaient un esprit affûté de journaliste en herbe. Sa chemise à carreaux froissée et son sac en bandoulière débordant de livres et de carnets témoignaient de sa passion pour l'investigation

Une nuit, poussés par la curiosité et peut-être un excès de confiance juvénile, ils s'introduisirent dans le bureau de Kruger. La pièce, encombrée de livres anciens et de cartes jaunies par le temps, semblait abriter plus de secrets que de connaissances académiques.

"Regardez ça," murmura Erik, pointant du doigt un tiroir entrouvert du bureau.

À l'intérieur, ils découvrirent une série de lettres et de documents anciens. Les mains tremblantes, Adrian en déplia un, son cœur battant la chamade.

"'Les Gardiens de l'Héritage'," lut-il à voix basse. "Qu'est-ce que c'est que ça ?"

Claire, qui examinait d'autres papiers, hoqueta de surprise. "Écoutez ça : 'Le manuscrit doit rester caché. L'équilibre du monde en dépend.' C'est signé par le Dr. Ingrid Weiss."

"J'ai déjà entendu ce nom," intervint Thomas. "C'est une historienne berlinoise connue pour ses théories controversées sur la Seconde Guerre mondiale."

Soudain, un bruit de pas dans le couloir les fit tous sursauter. Dans la hâte, Adrian fit tomber plusieurs documents. Il n'eut le temps d'en ramasser qu'un avant de s'enfuir avec les autres.

Ce document, Adrian le découvrit plus tard, contenait des informations sur Elena Fischer, une figure mystérieuse liée à sa propre famille, dont la disparition restait inexpliquée.

Alors qu'ils reprenaient leur souffle dans la cour de l'université, baignée par la lumière de la lune, les quatre amis échangèrent des regards lourds de sens. Ils venaient de franchir la frontière d'un monde complexe insoupçonné.

"Nous ne pouvons parler à personne de ce que nous avons vu et fait ici," dit Adrian, son visage habituellement jovial empreint d'une gravité inhabituelle. "Ni de notre intrusion, ni des documents que nous avons découverts."

Les autres acquiescèrent solennellement. Ce pacte du silence allait les lier pour les années à venir, formant la base d'une amitié sous le sceau du mystère.

Dans les années qui suivirent, chacun poursuivit sa voie, mais ils restèrent liés par des documents découverts ensemble.

Adrian Verner poursuivit sa passion pour l'histoire, obtenant un doctorat à l'Université de Zurich. Sa thèse sur les zones d'ombre de l'histoire européenne du 20ème siècle attira l'attention de plusieurs maisons d'édition. Il devint un historien et écrivain renommé, ses livres mêlant habilement faits historiques et fiction pour explorer les mystères non résolus du passé. Ses ouvrages, bien que populaires, suscitèrent souvent la controverse dans les cercles académiques traditionnels, certains l'accusant de sensationnalisme. Cependant, Adrian resta fidèle à sa quête de vérité, utilisant sa notoriété croissante pour accéder à des archives jusque-là fermées au public.

Claire Lemaire, après avoir obtenu son diplôme en littérature comparée à la Sorbonne, se lança dans le monde de l'édition parisienne. Elle gravit les échelons, passant de simple assistante éditoriale à éditrice en chef d'une prestigieuse maison d'édition spécialisée dans les ouvrages historiques et les essais politiques. Son oeil aiguisé pour les histoires captivantes et les vérités cachées lui gagna le respect de ses pairs et lui permit de travailler avec certains des auteurs les plus influents d'Europe. En parallèle, Claire poursuivit ses propres recherches, particulièrement intéressée par les récits alternatifs de l'histoire européenne.

Erik Hoffmann embrassa d'abord une carrière dans la police de Berlin, montant en grade rapidement, grâce à son intelligence vive et son sens aigu de la justice. Cependant, après avoir découvert et dénoncé un réseau de corruption au sein de son département, impliquant plusieurs hauts gradés, il fut contraint de démissionner sous la pression. Cette expérience, bien que difficile, renforça sa détermination à lutter contre l'injustice. Il devint alors détective privé, se spécialisant dans des affaires complexes liées à l'art et à l'histoire. Sa réputation d'intégrité et son réseau de contacts dans toute l'Europe firent de lui l'un des enquêteurs privés les plus recherchés du continent.

Thomas Müller, armé de son diplôme en journalisme de l'Université de Zurich, se lança dans une carrière de reporter d'investigation. Il commença par couvrir des affaires locales en Suisse, mais son talent le propulsa rapidement sur la scène internationale. Il travailla pour plusieurs grands journaux et chaînes de télévision, couvrant des sujets allant de la corruption politique aux scandales financiers internationaux. Il reçut plusieurs prix prestigieux, mais aussi des menaces de la part de ceux dont il exposait les méfaits.

Bien que leurs chemins se soient séparés après leur aventure à Heidelberg, les quatre amis restèrent en contact, échangeant occasionnellement des informations sur leurs découvertes respectives.

Aucun d'eux ne se doutait que leurs recherches individuelles les mèneraient à nouveau sur la piste des Gardiens de l'Héritage.

CHAPITRE 1 :
LA DISPARITION

21 juin 2023, Alpes suisses, près de Zermatt

Le soleil couchant embrasait les sommets enneigés des Alpes, projetant des ombres démesurées sur la vallée en contrebas. Niché à flanc de montagne, à environ une heure de route de Zermatt, le chalet d'Adrian Verner se dressait, sentinelle solitaire face à l'immensité des montagnes.

Le chalet offrait à la fois l'isolement nécessaire à son travail et un accès relativement facile à la civilisation. À l'intérieur, l'écrivain et historien de renom était penché sur son bureau, ses doigts parcourant frénétiquement le clavier de son ordinateur. Ses yeux, malgré la fatigue, scrutaient l'écran avec une intensité presque palpable.

Adrian, maintenant âgé de 37 ans, contemplait le paysage depuis la terrasse en bois patiné par les intempéries. Ses cheveux bruns, parsemés de gris précoce, dansaient dans la brise fraîche du soir. Des rides de concentration s'étaient creusées au coin de ses yeux bleus, témoins des années passées à scruter des documents anciens et à déchiffrer des énigmes historiques. Mais la flamme de la curiosité qui l'avait toujours animé ne ternissait pas.

Le chalet, héritage de sa grand-mère paternelle, était bien plus qu'une simple résidence secondaire. Construit dans les années 1930, il avait servi de refuge à la famille Verner pendant la Seconde Guerre mondiale. Les murs en rondins massifs et le toit en ardoise locale avaient abrité des générations de secrets.

Sur son écran, des pages et des pages de notes s'étalaient, fruits de mois de recherches intensives. Adrian était sur le point de terminer son magnum opus, un livre qui promettait de révéler des informations cruciales sur l'histoire européenne du 20ème siècle.

Adrian poussa la lourde porte en chêne et pénétra dans le salon. L'intérieur du chalet était un mélange fascinant d'ancien et de moderne. Des poutres apparentes côtoyaient des étagères en acier remplies de livres. Un feu crépitait dans l'imposante cheminée en pierre, diffusant une chaleur réconfortante.

Ses doigts effleurèrent le médaillon en argent qu'il portait autour du cou, un tic nerveux qu'il avait développé au fil des ans. L'inscription latine gravée, "Unus sed fortis" - Seul mais courageux - brillait faiblement à la lueur du feu. Ce médaillon, transmis de génération en génération, était bien plus qu'un simple bijou de famille.

Adrian se dirigea vers son bureau, une pièce adjacente au salon. C'était le cœur de ses recherches, un antre de savoir où le temps semblait suspendu. Des cartes anciennes tapissaient les murs, ponctuées de notes manuscrites et de photographies jaunies. Sur une table en bois massif trônait un ordinateur dernier cri, anachronisme dans cet océan d'antiquités.

Il s'assit lourdement dans son fauteuil en cuir usé, son regard balayant les dizaines de dossiers éparpillés sur le bureau. Ses yeux s'arrêtèrent sur un nom qui revenait sans cesse dans ses recherches : "Opération Nachtfalter".

Adrian soupira, passant une main dans ses cheveux ébouriffés. Depuis cette nuit à Heidelberg, quinze ans plus tôt, ce nom le hantait. L'Opération Nachtfalter n'était pas qu'une simple manœuvre de fin de guerre comme il l'avait d'abord cru. C'était la clé d'un mystère bien plus vaste, un secret qui avait façonné l'Europe d'après-guerre et dont les ramifications s'étendaient jusqu'à aujourd'hui.

Son ordinateur émit un bip, le tirant de ses réflexions. Un nouveau message venait d'arriver. L'expéditeur ? Claire Lemaire.

Adrian sentit son cœur s'accélérer. Claire, devenue une figure respectée dans le monde de l'édition parisienne, était plus qu'une ancienne camarade d'université. Elle était son point d'ancrage, celle qui le ramenait à la réalité quand il se perdait dans les méandres de ses recherches.

Le message était bref : "J'ai trouvé quelque chose. Nous devons parler. Appelle-moi dès que possible."

Adrian jeta un coup d'œil à sa montre. Il était près de minuit à Paris. Si Claire lui écrivait à cette heure, c'était que l'affaire était urgente.

Il s'apprêtait à décrocher son téléphone quand un bruit sourd résonna à l'extérieur. Adrian se figea. Il jeta un coup d'œil nerveux vers la fenêtre, mais l'obscurité grandissante ne lui révéla rien.

Ses mains tremblantes attrapèrent le médaillon autour de son cou, caressant l'inscription latine gravée : "Unus sed fortis". Seul mais courageux. Ces mots, héritage de sa famille, avaient toujours été sa force. Aujourd'hui, ils résonnaient comme un avertissement.

D'un geste rapide, Adrian enregistra son travail sur une clé USB qu'il glissa dans la poche de sa chemise. Il se leva, prêt à affronter ce qui l'attendait dehors. Mais avant qu'il ne puisse atteindre la porte, celle-ci vola en éclats.

Trois silhouettes encapuchonnées s'engouffrèrent dans la pièce. Adrian recula, cherchant désespérément une issue. "Qui êtes-vous ? Que voulez-vous ?" cria-t-il, d'une voix trahissant sa peur.

L'une des ombres s'avança, révélant un visage qu'Adrian ne connaissait que trop bien. Anton Verner, son cousin, qu'il n'avait pas vu depuis des années. Le visage d'Anton, autrefois si semblable au sien, était maintenant durci par la rancœur et l'ambition.

"Tu aurais dû laisser le passé où il était, cousin," siffla Anton. "Certains secrets doivent rester enterrés."

Adrian sentit une piqûre dans son cou. Alors que sa vision se troublait et que ses jambes cédaient sous lui, sa dernière pensée fut pour le manuscrit qu'il venait de terminer. Un manuscrit qui allait changer l'histoire. Un manuscrit qui, il le savait maintenant, allait probablement lui coûter la vie.

Pendant ce temps, à Paris, Claire Lemaire fixait l'écran de son ordinateur, un sentiment d'inquiétude grandissant en elle. La vidéoconférence avec Adrian aurait dû commencer il y a une heure. Ce n'était pas dans les habitudes de l'écrivain d'être en retard, encore moins de manquer un rendez-vous aussi important.

Claire, à 36 ans, était devenue une figure respectée dans le monde de l'édition parisienne. Ses cheveux bruns, maintenant longs et souvent attachés en un chignon désordonné, encadraient un visage marqué par des nuits de travail acharné.

Elle tenta une nouvelle fois de joindre Adrian, mais la tonalité résonna dans le vide. Claire se leva de son bureau, faisant les cent pas dans son appartement. Les murs, tapissés de livres anciens et de cartes historiques, semblaient se refermer sur elle. Elle s'arrêta devant sa bibliothèque, son regard s'attardant sur une photo encadrée. L'image, légèrement jaunie par le temps, la montrait avec Adrian, Erik et Thomas, assis autour d'un feu de camp dans la Forêt Noire. Leurs visages, plus jeunes et insouciants, contrastaient fortement avec l'anxiété qui l'habitait maintenant. Cette photo, vestige d'une époque où leurs vies s'étaient entremêlées pour la première fois, semblait aujourd'hui chargée d'un sens nouveau et inquiétant.

Soudain, son téléphone vibra. Un message d'un numéro inconnu s'afficha :

"Claire, c'est Erik Hoffmann. J'ai besoin de te parler. C'est urgent. Verner est introuvable."

Claire sursauta. Erik Hoffmann, le détective allemand qu'elle n'avait pas vu depuis des années, la contactait de façon inattendue. Sans hésiter, elle composa le numéro.

"Erik ? Qu'est-ce que tu veux dire par 'introuvable' ?" demanda-t-elle, sa voix étranglée.

"Il n'est pas venu à notre rendez-vous ce matin," répondit Erik. "J'ai vérifié son chalet près de Zermatt. La porte était entre-ouverte et... il y avait des traces de sang sur le sol."

Claire sentit son sang se glacer dans ses veines. "Mon Dieu, Erik. Qu'est-ce qui a bien pu se passer ?"

"Je ne sais pas encore, mais ça ne sent pas bon. J'ai besoin que tu viennes en Suisse immédiatement. On doit comprendre ce qui est arrivé à Verner."

Claire acquiesça. "Je prends le premier vol pour Zurich. Envoie-moi l'adresse exacte."

Alors qu'elle raccrochait, Claire sentit l'adrénaline monter. Elle se précipita vers sa chambre pour faire sa valise, son esprit tournant à plein régime. Qu'est-ce qui avait bien pu arriver à Adrian ? Était-ce lié à son nouveau manuscrit, celui dont il lui avait parlé avec tant d'excitation ?

Claire saisit son téléphone et composa le numéro de Thomas. Il devait être mis au courant. Alors que la tonalité résonnait, Claire ne pouvait s'empêcher de penser que ce n'était que le début d'une affaire qui allait les plonger tous dans les profondeurs de l'histoire européenne récente.

CHAPITRE 2 :
LA NOTE MYSTÉRIEUSE

22 juin 2023, Zurich, Suisse

L'aube dessinait à peine ses premières lueurs sur l'horizon zurichois lorsque Claire émergea de l'avion, ses yeux verts cernés trahissant une nuit blanche. Ses cheveux bruns, habituellement soigneusement coiffés, formaient un halo désordonné autour de son visage pâle. À quelques pas de la sortie de l'aéroport, Erik l'attendait, son corps athlétique tendu comme un ressort.

À 38 ans, Erik Hoffmann avait conservé la carrure imposante de ses années de service dans la police. Ses cheveux blonds, coupés court, accentuaient la dureté de ses traits burinés par des années d'enquêtes difficiles. Ses yeux gris, autrefois pétillants de malice, scrutaient maintenant les alentours avec une vigilance presque paranoïaque.

"Merci d'être venue si vite," dit-il en saisissant la valise de Claire. Ses doigts, calleux et nerveux, tapotaient inconsciemment la poignée. "Thomas nous rejoindra directement au chalet d'Adrian. Il a des informations qu'il veut partager en personne."

Le trajet vers Zermatt, qui allait durer environ trois heures, se déroula dans un silence pesant. Claire observait distraitement le paysage suisse défiler, ses pensées tourbillonnant comme les nuages bas accrochés aux sommets alpins.

"Erik," commença-t-elle, brisant enfin le silence oppressant, "qu'as-tu omis de me dire au téléphone ?"

Le détective soupira, ses mains se crispant sur le volant au point que ses jointures blanchirent. "J'ai trouvé quelque chose dans le bureau d'Adrian. Une note... dissimulée dans un vieux livre. Je pense que c'est crucial, mais son contenu me dépasse."

Arrivés au chalet, ils retrouvèrent Thomas qui les attendait. À 39 ans, Thomas Müller avait peu changé physiquement depuis leurs années d'université. Ses lunettes à monture épaisse glissaient constamment sur son nez aquilin, et ses cheveux châtains en bataille lui donnaient toujours cet air de chercheur distrait.

Ensemble, ils pénétrèrent le bureau d'Adrian, une pièce chaleureuse aux murs tapissés de livres anciens. L'odeur de cuir et de papier vieilli emplissait l'air, créant une atmosphère feutrée qui contrastait avec la tension palpable qui régnait entre eux.

Erik sortit de sa poche un morceau de papier jauni et le tendit à Claire. "Voici la note que j'ai trouvée."

Claire déplia soigneusement le papier, ses yeux parcourant l'écriture élégante d'Adrian :

"Per aspera ad astra.

48°51'24.0"N 2°21'03.0"E

Le secret est dans le livre que personne ne lit."

"Ce sont des coordonnées géographiques," murmura Thomas, se penchant par-dessus l'épaule de Claire. Ses doigts agiles pianotèrent rapidement sur son smartphone, ouvrant une application de géolocalisation. Après quelques manipulations, il s'exclama : "Ces coordonnées désignent un endroit à Paris, dans le 5ème arrondissement."

Claire sentit son cœur s'accélérer, le sang pulsant dans ses tempes. Elle se pencha pour regarder l'écran de Thomas, et son visage s'illumina de reconnaissance. "Je connais cet endroit. C'est une petite librairie dans le Quartier Latin, rue Saint-Jacques. Adrian et moi y allions souvent quand il séjournait à Paris."

Erik fronça les sourcils. "Et la phrase latine ? 'Per aspera ad astra' ?"

"À travers les difficultés, on atteint les étoiles," traduisit Claire, sa voix à peine plus forte qu'un murmure. "C'était une phrase qu'Adrian citait fréquemment. Il disait que c'était sa devise personnelle, inspirée par l'histoire de sa famille."

Thomas, qui examinait les étagères, s'arrêta soudainement. Son corps entier se figea, comme s'il venait d'avoir une révélation. "Le livre que personne ne lit... Peut-être que c'est littéral ?" Il tira un volume poussiéreux, visiblement intact depuis des années. "Regardez ça."

À l'intérieur du livre, ils trouvèrent une enveloppe. Claire l'ouvrit avec des mains tremblantes, en sortant une autre note : "Si vous lisez ceci, c'est que je suis en danger. Ne faites confiance à personne. Le médaillon est la clé. Trouvez Anton avant qu'il ne soit trop tard."

Le silence tomba sur la pièce, lourd de questions non formulées.

"Qui est Anton ?" demanda Erik.

Claire secoua la tête. "Je ne sais pas. Adrian ne m'a jamais parlé d'un Anton."

Thomas, qui s'était mis à faire les cent pas, s'arrêta brusquement. "Le médaillon... Adrian en portait toujours un, non ? Avec une inscription latine ?"

Claire acquiesça. "'Unus sed fortis'. Seul mais courageux."

Erik se leva, son corps massif projetant une ombre imposante. Sa voix était empreinte de détermination lorsqu'il déclara : "Bien, nous avons un point de départ. Claire, tu dois retourner à Paris, à cette librairie. Thomas et moi allons rester ici pour fouiller le chalet et tenter d'en apprendre davantage sur cet Anton."

Alors qu'ils élaboraient leur plan, aucun d'entre eux ne remarqua la silhouette qui les observait depuis la forêt bordant le chalet. Elena Fischer, une femme d'une quarantaine d'années aux traits fins et au regard perçant, sortit discrètement son téléphone et composa un numéro.

"Ils ont trouvé la note," murmura-t-elle. "Ils se dirigent vers Paris."

La voix à l'autre bout du fil était froide et autoritaire, tranchant comme une lame dans le silence de la forêt. "Suivez-les. Ne les laissez pas trouver le manuscrit avant nous. Les Gardiens de l'Héritage comptent sur vous, Elena."

Alors qu'Elena raccrochait, son regard se posa sur le chalet. Ses yeux, d'un vert profond, reflétaient un mélange complexe d'émotions. Elle ne pouvait s'empêcher de penser à Adrian et leur relation passée. Mais sa loyauté envers les Gardiens de l'Héritage pesait plus lourd que ses sentiments personnels. Elle avait une mission à accomplir, quelles qu'en soient les conséquences.

Pendant ce temps, à l'intérieur du chalet, Claire, Erik et Thomas ignoraient encore l'ampleur du complot dans lequel ils s'apprêtaient à plonger, un complot qui remontait à la Seconde Guerre mondiale et qui impliquait certaines des familles les plus puissantes d'Europe.

CHAPITRE 3 :
LA PISTE DE CLAIRE

23 juin 2023, Paris, France

L'aube parisienne pointait à peine lorsque Claire descendit du train de nuit en provenance de Berne. Ses membres étaient engourdis par le long voyage, mais son esprit restait en alerte. Elle avait opté pour le train, préférant la discrétion qu'offrait ce mode de transport aux contrôles plus stricts des aéroports. Si les Gardiens de l'Héritage étaient aussi influents qu'Adrian le soupçonnait, ils pourraient aisément surveiller les déplacements aériens.

Le soleil matinal illuminait les rues pavées du Quartier Latin, encore calmes à cette heure précoce. Claire sentait son cœur battre plus fort à mesure qu'elle approchait de la librairie indiquée par les coordonnées. Ses yeux scrutaient chaque recoin, chaque ombre, à l'affût du moindre signe.

Arrivée devant la librairie, elle fut surprise de la trouver fermée, les volets baissés et un panneau "Fermé pour rénovation" accroché à la porte. Claire fronça les sourcils, contrariée par cet obstacle inattendu. Elle examina attentivement la devanture, cherchant un indice, n'importe quoi qui pourrait la guider.

C'est alors qu'elle remarqua quelque chose coincé dans la fente de la boîte aux lettres. Avec précaution, elle extirpa une enveloppe jaunie. Son cœur fit un bond quand elle reconnut l'écriture d'Adrian.

Les mains tremblantes, Claire ouvrit l'enveloppe. À l'intérieur, elle découvrit une carte de visite portant le nom "Dr. Ingrid Weiss, Université de Berlin". Au verso de la carte était inscrite une phrase en latin : "Vincit qui se vincit".

Immédiatement, Claire sortit son téléphone pour appeler Erik et Thomas.

"J'ai trouvé quelque chose," dit-elle dès qu'Erik décrocha. "Une carte de visite d'une certaine Dr. Ingrid Weiss de l'Université de Berlin. Ça vous dit quelque chose ?"

Il y eut un moment de silence à l'autre bout de la ligne avant qu'Erik ne réponde. "Ce nom me dit quelque chose. Thomas est en train de vérifier nos notes. Claire, il y a autre chose sur cette carte ?"

"Oui, une phrase en latin au dos : 'Vincit qui se vincit'."

"Celui qui se maîtrise est victorieux," traduisit Erik, un soupçon d'admiration dans la voix. "Une devise intrigante pour une universitaire. Claire, je pense que nous devons nous rendre à Berlin. Cette Dr. Weiss pourrait être la clé de toute cette affaire."

Claire acquiesça, sentant l'adrénaline courir dans ses veines. "D'accord. Je vais prendre le premier train pour Berlin. Rejoignez-moi là-bas dès que possible."

Après avoir raccroché, Claire se dirigea vers la gare, son esprit tournant à plein régime. Qui était cette Dr. Weiss ? Quel lien avait-elle avec Adrian et les mystérieux Gardiens de l'Héritage ?

Ce qu'elle ignorait, c'est qu'elle était observée. Dans une voiture garée de l'autre côté de la rue, Elena Fischer baissa ses jumelles et démarra le moteur. Elle devait informer les Gardiens de l'Héritage de ce nouveau développement.

Pendant ce temps, à Zermatt, Erik et Thomas poursuivaient leurs recherches dans le chalet d'Adrian.

Erik s'approcha, ses pas lourds faisant craquer le vieux plancher. Il examina les documents, ses sourcils froncés creusant des sillons profonds sur son front. "Cela pourrait expliquer l'intérêt des Gardiens de l'Héritage. Si ces artefacts contiennent des informations compromettantes sur des familles influentes..."

Thomas, ses lunettes glissant sur son nez alors qu'il fouillait méthodiquement les archives d'Adrian, fit soudain une découverte troublante. Ses yeux s'écarquillèrent derrière ses verres épais alors qu'il parcourait un dossier jauni par le temps.

"Erik," appela-t-il, sa voix trahissant son excitation, "regarde ça. J'ai trouvé des notes d'Adrian sur une certaine 'Opération Nachtfalter'."

Erik s'approcha, ses pas lourds faisant craquer le vieux plancher. Il se pencha par-dessus l'épaule de Thomas, examinant les documents.

Le dossier contenait plusieurs éléments :

1. Une liste de noms de hauts dignitaires nazis, accompagnés de codes et de dates.

2. Des croquis détaillés de caches secrètes dans différentes régions d'Europe.

3. Un inventaire partiel mentionnant des "artefacts historiques", des "documents classifiés" et des "recherches scientifiques avancées".

4. Des notes manuscrites d'Adrian, établissant des liens entre ces éléments et des familles influentes d'après-guerre.

Thomas pointa du doigt une note particulière d'Adrian : "Selon ces documents, l'Opération Nachtfalter semble avoir été mise en place dans les derniers mois de la guerre. Son but apparent était de cacher des preuves compromettantes et de préserver des connaissances que les nazis ne voulaient pas voir tomber entre les mains des Alliés."

Erik hocha la tête, ses sourcils froncés creusant des sillons profonds sur son front. "Cela pourrait expliquer l'intérêt des Gardiens de l'Héritage. Si ces artefacts et documents contiennent des informations compromettantes sur des familles influentes..."

Thomas acquiesça vivement. "Exactement. Et regarde cette liste de noms. Parmi eux, je vois Maximilian Kruger et... Johann Richter."

"Johann Richter ?" Erik se raidit, son corps massif soudain tendu comme un arc. "Le politicien ? Cette affaire prend une tournure de plus en plus inquiétante."

Alors qu'ils continuaient à examiner les documents, absorbés par leur découverte, ni Erik ni Thomas ne remarquèrent la petite caméra cachée dans un coin de la pièce, son objectif braqué sur eux.

Dans un bureau sombre à Berlin, le Dr. Ingrid Weiss observait avec intérêt leur découverte sur un écran. Le Dr. Weiss, une femme d'une soixantaine d'années aux cheveux gris coupés court et au regard pénétrant, était une figure respectée dans le monde académique.

"Ils se rapprochent," murmura-t-elle pour elle-même, ses doigts fins tapotant nerveusement le bord de son bureau. "Nous devons agir rapidement."

Elle saisit son téléphone et composa un numéro. "Monsieur Richter ? Nous avons un problème. Ils ont trouvé les notes sur l'Opération Nachtfalter. Oui, je comprends. Je m'en occupe immédiatement."

Johann Richter, un homme d'une cinquantaine d'années au charisme indéniable et à l'influence politique considérable, raccrocha le téléphone avec un soupir frustré. Il se tourna vers la fenêtre de son bureau berlinois, contemplant la ville en contrebas.

"L'héritage de nos familles ne peut être menacé," murmura-t-il, sa voix à peine audible. "Quoi qu'il en coûte, nous devons les arrêter."

Alors que le soleil se couchait sur les Alpes et que la nuit tombait sur Berlin, l'étau se resserrait autour de nos héros. La course pour découvrir la vérité sur l'Opération Nachtfalter et les secrets qu'elle renfermait ne faisait que commencer, et le danger se rapprochait à chaque instant.

CHAPITRE 4 :
LES SECRETS DE BERLIN

23 juin 2023, Berlin, Allemagne

Claire arriva à Berlin en début d'après-midi, les muscles endoloris par le long voyage en train depuis Paris. Malgré la fatigue qui alourdissait ses paupières, son esprit restait en alerte, analysant chaque détail de son environnement. Le trajet lui avait donné le temps de réfléchir et de planifier ses prochaines actions, tout en ressassant les informations troublantes sur l'Opération Nachtfalter qu'Erik lui avait transmises.

Elle se dirigea directement vers l'Université Humboldt, où le Dr. Ingrid Weiss était censée travailler. L'imposant bâtiment gothique se dressait devant elle, ses pierres séculaires semblant murmurer des secrets longtemps enfouis. Claire, vêtue d'un tailleur sombre qui contrastait avec l'agitation estudiantine autour d'elle, se sentait comme une intruse dans ce monde académique.

Elle trouva facilement le bureau du Dr. Weiss, mais celui-ci était vide. Une jeune assistante, visiblement nerveuse, l'informa que le professeur était parti précipitamment la veille pour un "voyage de recherche urgent".

Frustrée, Claire allait partir quand elle remarqua quelque chose sur le bureau : un livre ancien, ouvert à une page marquée sur laquelle elle reconnut l'écriture dans la marge. C'était celle d'Adrian.

Sans hésiter, elle prit une photo de la page et quitta rapidement le bureau, sentant le poids du regard suspicieux de l'assistante dans son dos.

Pendant ce temps, Erik et Thomas arrivaient à Berlin, ayant pris un vol depuis Zurich. Ils se retrouvèrent avec Claire dans un petit café non loin de l'université.

"Qu'as-tu trouvé ?" demanda Erik, son visage tendu par l'inquiétude.

Claire leur montra la photo qu'elle avait prise. "Des annotations d'Adrian. Il parle d'une carte, d'un trésor caché dans les Alpes. Et regardez ce nom qui revient : 'Nachtfalter'."

Thomas hocha la tête. "Ça correspond à ce que nous avons découvert dans le chalet. L'Opération Nachtfalter semble être au cœur de toute cette affaire. Les documents que nous avons trouvés suggèrent qu'il s'agissait d'une opération nazie de grande envergure pour cacher des artefacts et des informations compromettantes."

Erik baissa la voix, se penchant vers ses compagnons. "J'ai effectué quelques recherches supplémentaires qui nous confirment que cette opération n'était pas qu'une simple manœuvre de fin de guerre et elle semble avoir des implications qui s'étendent jusqu'à aujourd'hui, impliquant des familles puissantes et des politiciens de haut rang."

Soudain, le téléphone de Thomas vibra. C'était un message d'un de ses contacts dans le journalisme d'investigation. "Écoutez ça," dit-il, lisant le message. "Il y a un groupe appelé 'Les Gardiens de l'Héritage'. Ils seraient liés à l'Opération Nachtfalter et feraient tout pour protéger certains secrets historiques."

Claire sentit un frisson lui parcourir l'échine. "C'est le même nom que nous avions trouvé dans les documents de Kruger il y a quinze ans."

Erik se leva brusquement, sa chaise raclant le sol. "Nous devons agir vite. Si ces Gardiens sont aussi puissants que nous le pensons, ils sont probablement déjà sur nos traces."

À ce moment précis, la porte du café s'ouvrit, laissant entrer une bouffée d'air frais. Elena Fischer franchit le seuil, son regard balayant rapidement la salle avant de se fixer sur leur table. Claire la reconnut immédiatement de la photo qu'elle avait vue dans les affaires d'Adrian.

Elena s'approcha de leur table, son visage un masque d'émotions contradictoires. Ses yeux verts, intenses et troublés, se posèrent tour à tour sur chacun d'eux. "Je pense qu'il est temps que nous parlions," dit-elle doucement, sa voix à peine audible par-dessus le brouhaha du café. "Il y a des choses que vous devez savoir sur Adrian, sur l'Opération Nachtfalter, et sur les dangers auxquels vous êtes confrontés."

Pendant ce temps, dans un bureau luxueux du Bundestag, Johann Richter recevait un appel du Dr. Ingrid Weiss. Le politicien, son visage marqué par des années de pouvoir et d'intrigues, écoutait attentivement, ses doigts tapotant nerveusement sur son bureau en bois précieux.

"Ils sont tous à Berlin," dit Weiss, sa voix trahissant son inquiétude. "Et Elena Fischer les a contactés."

Richter serra les poings, ses articulations blanchissant sous la pression. "Rassemblez les autres Gardiens. Il est temps de passer à l'action. Nous ne pouvons pas laisser ces secrets être révélés."

Alors que la nuit tombait sur Berlin, nos héros ignoraient encore l'ampleur du complot dans lequel ils étaient plongés. Des secrets vieux de plusieurs décennies étaient sur le point d'être révélés, menaçant de réécrire l'histoire telle qu'ils la connaissaient. L'Opération Nachtfalter, ce vestige sombre du passé nazi, projetait son ombre sur le présent, liant dans un même destin des historiens passionnés, des politiciens corrompus et des gardiens de secrets ancestraux.

CHAPITRE 5 :
RÉVÉLATIONS ET DANGERS

24 juin 2023, Berlin, Allemagne

Le groupe s'était réuni dans une petite chambre d'hôtel, loin des regards indiscrets. Elena Fischer, assise sur le bord du lit, regardait tour à tour Claire, Erik et Thomas, son visage trahissant un conflit intérieur.

"J'ai rencontré Adrian il y a des années," commença-t-elle, sa voix à peine plus forte qu'un murmure. "Nous collaborions sur des recherches historiques quand nous avons découvert quelque chose... quelque chose qui n'aurait jamais dû être mis au jour."

Claire se pencha en avant, ses doigts jouant nerveusement avec le pendentif autour de son cou. "L'Opération Nachtfalter ?"

Elena hocha la tête. "C'était bien plus que ce que nous pensions au départ. Pas seulement une opération nazie de fin de guerre, mais le début d'un vaste réseau d'influence qui s'est perpétué jusqu'à aujourd'hui."

Erik, toujours méfiant, intervint. "Et comment êtes-vous impliquée dans tout ça ?"

Elena soupira profondément, ses épaules s'affaissant sous le poids de ses révélations. "J'ai été recrutée par les Gardiens de l'Héritage. Au début, je croyais naïvement qu'ils protégeaient l'histoire, mais j'ai vite compris qu'ils ne faisaient que préserver leurs propres intérêts."

Thomas, qui prenait frénétiquement des notes, leva les yeux. "Qui sont exactement ces Gardiens ?"

"Des familles influentes, des politiciens, des industriels," répondit Elena. "Des gens qui ont bâti leur pouvoir sur les secrets de l'Opération Nachtfalter. Johann Richter est l'un des plus puissants d'entre eux."

Claire sentit ses poils se hérisser. "Et Adrian ? Où est-il maintenant ?"

Le visage d'Elena s'assombrit, une ombre de culpabilité passant dans ses yeux. "Je ne suis pas certaine. Mais je sais qu'il était sur le point de révéler tout ce qu'il avait découvert. Les documents qu'il a trouvés... ils contenaient des preuves de collaboration, des listes de trésors cachés, des informations sur des expériences secrètes. C'est pour ça qu'ils l'ont enlevé."

Soudain, le téléphone d'Erik sonna, brisant la tension qui s'était installée dans la pièce. C'était un de ses contacts dans la police berlinoise. "Erik," dit la voix à l'autre bout du fil, l'urgence palpable dans chaque mot, "vous êtes en danger. Un mandat d'arrêt a été émis contre vous tous. L'accusation : espionnage et vol de documents classifiés."

Erik raccrocha, son visage pâle. "Nous devons partir. Maintenant."

Alors qu'ils rassemblaient rapidement leurs affaires, Elena les arrêta. "Je sais où ils ont pu emmener Adrian. Il y a un vieux chalet dans les Alpes suisses, près d'un lac en forme d'étoile. C'est un lieu de rencontre secret des Gardiens."

Claire échangea un regard avec Erik et Thomas, une lueur de reconnaissance s'allumant dans ses yeux. "Le lac Étoilé," murmura-t-elle. "Adrian en parlait dans ses notes. Il pensait que c'était lié à un dépôt secret de l'Opération Nachtfalter."

Ils quittèrent l'hôtel en hâte, se séparant pour brouiller les pistes. Claire et Elena prirent la direction de la gare, leurs pas résonnant sur les pavés humides des rues berlinoises, tandis qu'Erik et Thomas se dirigeaient vers l'aéroport, se fondant dans la foule des voyageurs.

Pendant ce temps, dans le bureau de Johann Richter, une réunion d'urgence des Gardiens de l'Héritage était en cours. Le Dr. Ingrid Weiss, ses cheveux gris coupés court et son regard acéré, prenait la parole, sa voix trahissant une tension inhabituelle.

"Nous avons sous-estimé ces gens," dit-elle. "Ils sont plus proches de la vérité que nous ne le pensions. Les documents qu'ils ont trouvés... ils contiennent des informations sur les caches de l'Opération Nachtfalter, sur les familles impliquées..."

Richter, les traits tirés par la fatigue se tourna vers les autres membres. "Nous n'avons pas le choix. Activez le protocole Omega. Nous devons les arrêter avant qu'ils n'atteignent le lac Étoilé et ne découvrent le dépôt principal."

Anton Verner, le cousin d'Adrian, jusque-là silencieux dans un coin de la pièce, intervint. "Et si nous les laissions trouver Adrian ? Nous pourrions les piéger tous ensemble."

Richter considéra l'idée un moment avant d'acquiescer lentement. "Très bien. Préparez tout. Cette fois, nous mettrons fin à cette menace une fois pour toutes. L'héritage de l'Opération Nachtfalter doit être préservé."

Alors que la nuit tombait sur Berlin, nos héros ignoraient encore qu'ils se dirigeaient droit dans un piège. Le lac Étoilé, paisible en apparence, allait bientôt devenir le théâtre d'une confrontation.

Dans le train qui les emmenait vers la Suisse, Claire se tourna vers Elena, la lumière tamisée du wagon dessinant des ombres sur leurs visages. "Pourquoi nous aider maintenant ? Après toutes ces années de silence ?"

Elena regarda par la fenêtre, observant le paysage défiler dans l'obscurité. "Parce que j'ai réalisé que certains secrets sont trop lourds à porter. Et parce qu'Adrian avait raison depuis le début. Le monde a le droit de connaître la vérité sur l'Opération Nachtfalter et ses conséquences."

Claire hocha la tête. Le lac Étoilé les attendait, avec ses secrets et ses dangers. Et quelque part là-bas, Adrian avait besoin d'eux.

CHAPITRE 6 :
LA COURSE VERS LE LAC ÉTOILÉ

25 juin 2023, En route vers les Alpes suisses

Le train filait à travers le paysage alpin, transportant Claire et Elena vers leur destination. L'atmosphère était tendue, chacune perdue dans ses pensées. Claire ne pouvait s'empêcher de jeter des coups d'œil furtifs à Elena, essayant de déchiffrer cette femme énigmatique qui avait joué un rôle si important dans la vie d'Adrian.

"Comment avez-vous rencontré Adrian ?" demanda finalement Claire, brisant le silence.

Elena soupira, son regard se perdant dans le paysage défilant par la fenêtre. "C'était il y a des années, lors d'une conférence d'histoire à Vienne. Adrian présentait ses théories sur des connections cachées entre certaines familles européennes influentes. J'étais fascinée par son travail, et nous avons commencé à collaborer."

Claire hocha la tête, encourageant Elena à continuer.

"Au début, c'était purement académique. Mais plus nous creusions, plus nous découvrions des choses troublantes. L'Opération Nachtfalter n'était que la pointe de l'iceberg. Nous avons trouvé des documents mentionnant des caches secrètes, des listes de trésors volés, et même des références à des expériences scientifiques interdites."

Pendant ce temps, Erik et Thomas atterrissaient à l'aéroport de Zurich. Ils louèrent immédiatement une voiture et prirent la route vers le lac Étoilé.

"Tu penses qu'on peut faire confiance à Elena ?" demanda Thomas alors qu'ils serpentaient sur les routes de montagne.

Erik serra le volant, son visage tendu. "Je ne sais pas. Mais pour l'instant, c'est notre meilleure piste pour retrouver Adrian et les secrets de l'Opération Nachtfalter."

Dans le chalet près du lac Étoilé, Adrian Verner était assis dans une pièce sombre, les mains liées derrière le dos. La pièce était spartiate, meublée uniquement d'une table en bois usé et de quelques chaises. Sur les murs, des cartes anciennes et des photographies jaunies semblaient narrer une histoire oubliée.

Johann Richter se tenait devant lui, son costume impeccable contrastant avec l'aspect rustique de la pièce. Il regardait Adrian avec un mélange de respect et de mépris.

"Vous êtes brillant, Verner," dit Richter, sa voix grave résonnant dans la pièce. "Mais vous ne comprenez pas les enjeux. Ces secrets que vous voulez révéler, ils maintiennent l'équilibre du pouvoir en Europe depuis des décennies. L'Opération Nachtfalter n'était pas qu'une simple opération de fin de guerre, c'était le fondement d'un nouvel ordre mondial."

Adrian leva les yeux, défiant. "Un équilibre basé sur des mensonges et des trahisons. Le monde mérite de connaître la vérité sur les expériences, les trésors cachés, les familles qui ont bâti leur fortune sur les cendres de la guerre."

Anton Verner entra dans la pièce, interrompant leur conversation. "Ils arrivent," annonça-t-il. "Tous."

Richter sourit froidement. "Parfait. Préparez-vous. Cette nuit, nous mettrons fin à cette menace une fois pour toutes. Les secrets de l'Opération Nachtfalter resteront enfouis. "

Le soleil commençait à se coucher lorsque Claire et Elena arrivèrent au pied du lac Étoilé. La surface de l'eau reflétait les dernières lueurs du jour, donnant au lac sa forme caractéristique d'étoile. Les montagnes environnantes projetaient des ombres allongées, créant un paysage à la fois magnifique et inquiétant.

Peu après, Erik et Thomas les rejoignirent. Le groupe se réunit rapidement, échangeant les dernières informations.

"Le chalet doit être là-haut," dit Elena, pointant vers une structure à peine visible à travers les arbres. "C'est probablement là qu'ils retiennent Adrian. Si les informations que nous avons sont correctes, c'est aussi l'un des principaux sites de stockage des artefacts de l'Opération Nachtfalter."

Erik sortit son arme, vérifiant le chargeur. "Nous devons être prudents. Ils nous attendent sûrement."

Claire, anxieuse, demanda. "Comment allons-nous procéder ?"

"Nous allons nous séparer," proposa Thomas, ses yeux brillant d'excitation derrière ses lunettes. "Elena et moi, nous ferons diversion pendant que vous deux essayez de trouver Adrian et les documents."

Alors qu'ils se préparaient à mettre leur plan à exécution, un bruit de moteur les fit sursauter. Une voiture approchait, ses phares perçant l'obscurité grandissante.

"Les Gardiens," murmura Elena. "Ils ont dû envoyer des renforts."

Le groupe se cacha rapidement dans les buissons, observant la voiture qui s'arrêtait. À leur grande surprise, c'est le Dr. Ingrid Weiss qui en descendit, suivie de deux hommes armés.

"Le temps presse," chuchota Erik. "Nous devons agir maintenant."

Claire serra le médaillon d'Adrian qu'elle portait autour du cou. "Per aspera ad astra," murmura-t-elle. À travers les difficultés, vers les étoiles.

Alors que la nuit tombait sur le lac Étoilé, le groupe se sépara, s'enfonçant dans l'obscurité des bois. Ils ignoraient encore que cette nuit allait être décisive, non seulement pour le sort d'Adrian, mais pour l'avenir de l'Europe tout entière. Les secrets de l'Opération Nachtfalter étaient sur le point d'être révélés, et rien ne serait plus jamais comme avant. L'histoire, longtemps dissimulée dans les ombres, allait enfin émerger à la lumière.

CHAPITRE 7 :

LA CONFRONTATION AU LAC ÉTOILÉ

26 juin 2023, Lac Étoilé, Alpes suisses

L'obscurité enveloppait le lac Étoilé, la surface de l'eau reflétant faiblement la lumière de la lune. Claire et Erik progressaient silencieusement à travers les bois denses, se rapprochant du chalet où Adrian était retenu prisonnier. Chaque craquement de branche, chaque bruissement de feuilles les faisait sursauter, conscients du danger qui les guettait.

Pendant ce temps, Elena et Thomas se positionnaient de l'autre côté de la propriété, prêts à créer une diversion. Elena, dont le visage trahissait la tension accumulée au fil des années, se tourna vers Thomas.

"Il y a quelque chose que vous devez savoir," murmura-t-elle. "L'Opération Nachtfalter... ce n'était pas seulement des documents et des artefacts. Il y avait des expériences médicales, des tentatives de prolonger la vie humaine."

Thomas la regarda, intrigué, ses lunettes reflétant la faible lueur de la lune. "C'est pour ça que vous semblez si jeune ?"

Elena acquiesça gravement. "Des traitements expérimentaux, oui. Mais le prix à payer était énorme. Des vies ont été sacrifiées, des familles détruites. Les nazis cherchaient l'immortalité, et certains Gardiens de l'Héritage ont poursuivi ces recherches après la guerre."

À l'intérieur du chalet, Adrian luttait contre ses liens, écoutant attentivement les voix de Richter et du Dr. Weiss qui provenaient de la pièce voisine. La pièce où il était retenu était remplie d'étagères croulant sous le poids de dossiers anciens et d'artefacts étranges, vestiges silencieux de l'Opération Nachtfalter.

"Ils sont là," annonçait Weiss. "Nous devrions déplacer Verner et les documents les plus sensibles."

"Non," répondit Richter fermement. "Laissons-les venir à nous. Il est temps d'en finir une fois pour toutes. Ils doivent comprendre l'importance de préserver ces secrets."

Soudain, une explosion retentit à l'extérieur du chalet. La diversion d'Elena et Thomas avait commencé. Profitant de la confusion, Claire et Erik se précipitèrent vers l'entrée du chalet.

"Adrian !" cria Claire en enfonçant la porte.

"Claire, attention !" La voix d'Adrian résonna depuis une pièce adjacente.

Erik, son arme à la main, balaya rapidement la pièce du regard. Ses yeux s'écarquillèrent devant les étagères remplies de documents et d'objets étranges. "C'est un piège," murmura-t-il.

À cet instant, les lumières s'allumèrent, révélant Richter, Weiss, et plusieurs gardes armés qui les encerclaient. Anton Verner émergea de l'ombre, tenant Adrian fermement.

"Bienvenue," dit Richter avec un sourire froid. "Nous vous attendions. Il est temps que vous compreniez l'ampleur de ce dans quoi vous vous êtes impliqués."

Claire fixa son regard sur Adrian, cherchant des signes de blessures. "Laissez-le partir," dit-elle, la voix tremblante de colère.

Richter secoua la tête. "Pas avant que vous compreniez l'importance de l'Opération Nachtfalter. Dr. Weiss, expliquez-leur."

Weiss s'avança, tenant un dossier épais. "Ceci," dit-elle, "contient les secrets de l'Opération Nachtfalter. Des accords secrets, des expériences médicales révolutionnaires, tout ce qui a façonné l'Europe d'après-guerre. Des gouvernements entiers ont été construits sur ces fondations."

Erik fronça les sourcils. "Et vous pensez pouvoir garder ça secret indéfiniment ?"

"Oh, nous l'avons fait pendant des décennies," intervint Elena, entrant dans la pièce avec Thomas. "Mais il est temps que ça cesse. Les expériences, les vies brisées, les fortunes bâties sur la souffrance... tout doit être révélé."

Richter se tourna vers Elena, ses yeux se plissèrent. "Elena Fischer. Après toutes ces années, vous osez vous montrer. Vous, qui avez bénéficié des avancées de l'Opération Nachtfalter."

"Il est temps que la vérité éclate," répondit Elena. "Les expériences de longévité, les manipulations politiques, tout doit être exposé."

Adrian profita de ce moment de distraction pour se libérer de l'emprise d'Anton. Il se précipita vers Claire, mais Anton réagit rapidement, sortant une arme.

Tout se passa en un éclair. Un coup de feu retentit, Elena s'interposa, et le chaos s'ensuivit. Dans la confusion, Richter et Weiss tentèrent de s'échapper avec le dossier.

Claire et Adrian se lancèrent à leur poursuite, tandis qu'Erik et Thomas maîtrisaient les gardes. Elena, blessée mais consciente, dirigeait les opérations.

La poursuite les mena jusqu'au bord du lac. Acculés, Richter et Weiss n'avaient nulle part où aller. Le dossier de l'Opération Nachtfalter, contenant des décennies de secrets, était sur le point de tomber entre leurs mains.

"C'est terminé," dit Adrian, reprenant le dossier. "Les secrets de l'Opération Nachtfalter vont enfin être révélés au monde. Les expériences inhumaines, les manipulations politiques, les fortunes bâties sur la souffrance... tout sera exposé."

Alors que l'aube pointait sur le lac Étoilé, les sirènes de police se faisaient entendre au loin. La longue nuit touchait à sa fin, mais pour nos héros, ce n'était que le début. Les révélations contenues dans le dossier allaient secouer les fondations de l'Europe, révélant des décennies de mensonges et de manipulations.

Claire prit la main d'Adrian, la serrant fort. "Ensemble," dit-elle. "Nous allons révéler la vérité, ensemble."

Le groupe regardait le soleil se lever sur le lac, sachant que rien ne serait plus jamais comme avant. L'Opération Nachtfalter, ses secrets et ses conséquences étaient sur le point d'être exposés au grand jour, prêts à réécrire l'histoire telle qu'on la connaissait.

CHAPITRE 8 :
LES CONSÉQUENCES

28 juin 2023, Genève, Suisse

Le groupe s'était réfugié dans un petit hôtel discret à Genève, loin des regards indiscrets et du tumulte médiatique qui commençait à s'emparer de l'Europe. La chambre, modeste mais confortable, était devenue leur quartier général improvisé.

Adrian, encore marqué par sa captivité, était assis sur le lit, son visage pâle contrastant avec la détermination qui brillait dans ses yeux. Devant lui, étalé sur la couverture, se trouvait le dossier récupéré au chalet. Claire, Erik, Thomas et Elena l'entouraient, tous anxieux d'en apprendre davantage sur les secrets qu'ils avaient risqué leur vie pour obtenir.

"Ce dossier contient des informations explosives," commença Adrian, sa voix basse mais ferme. Ses doigts effleuraient les pages jaunies avec une sorte de révérence mêlée d'appréhension. "L'Opération Nachtfalter n'était pas qu'une simple opération de fin de guerre. C'était le début d'un vaste réseau d'influence qui a façonné l'Europe d'après-guerre, et dont les ramifications s'étendent jusqu'à aujourd'hui."

Il leur expliqua comment l'opération avait permis à certaines familles influentes et à des nazis repentis de conserver leur pouvoir après la guerre, en échange de leur coopération et de leurs connaissances scientifiques. Les pages du dossier révélaient des accords secrets, des transferts de fonds occultes, et des listes de trésors artistiques volés pendant la guerre.

Elena, qui se remettait de sa blessure légère, son bras en écharpe, ajouta : "Les expériences médicales mentionnées dans le dossier étaient destinées à prolonger la vie et à améliorer les capacités humaines. J'en suis la preuve vivante." Elle fit une pause, son regard se perdant dans le vague. "J'ai 68 ans, bien que mon apparence suggère le contraire. Mon père, un des scientifiques impliqués dans l'Opération Nachtfalter, m'a soumise à ces traitements expérimentaux dès mon enfance. C'est ainsi que j'ai pu conserver mon apparence jeune si longtemps. Mais le prix à payer était terrible - des vies sacrifiées, des expériences inhumaines sur d'autres qui n'ont pas eu ma chance."

Erik fronça les sourcils, ses yeux parcourant rapidement les documents étalés devant eux. "Mais pourquoi garder tout cela secret pendant si longtemps ? Certains de ces crimes sont prescrits depuis des décennies."

Adrian soupira, passant une main dans ses cheveux ébouriffés. "Parce que ces révélations pourraient ébranler les fondations mêmes de nombreux gouvernements européens actuels. Des familles au pouvoir depuis des générations pourraient tout perdre. Et puis, il y a la question des trésors cachés - des milliards en œuvres d'art et en or, dissimulés dans des caches secrètes à travers l'Europe."

Thomas, qui prenait frénétiquement des notes, leva les yeux. "Nous devons rendre ces informations publiques. Le monde a le droit de savoir."

Claire acquiesça, mais son visage trahissait son inquiétude. "Les Gardiens de l'Héritage ne vont pas nous laisser faire sans se battre. Richter et Weiss ont peut-être été arrêtés, mais leur réseau est vaste. Qui sait combien d'autres sont impliqués ? "

Soudain, le téléphone d'Erik sonna. C'était un de ses contacts dans la police internationale. "Erik," dit la voix à l'autre bout du fil, "vous êtes en danger. Les Gardiens ont mis tout leur réseau en alerte. Ils vous cherchent."

Adrian se leva. "Nous devons agir vite. J'ai des contacts dans les médias internationaux. Si nous pouvons leur faire parvenir ces informations simultanément, il sera impossible pour les Gardiens d'étouffer l'affaire."

Elena intervint. "Je connais un journaliste à Berlin qui pourrait nous aider. Il a toujours été intéressé par les théories du complot sur l'après-guerre. Avec ces preuves, il pourrait déclencher un séisme médiatique. "

Le groupe passa les heures suivantes à préparer un plan pour divulguer les informations. Ils décidèrent de se séparer pour maximiser leurs chances de succès, chacun emportant une copie partielle des documents.

Claire et Adrian se dirigeraient vers Paris pour rencontrer un contact dans un grand journal. Erik et Thomas prendraient la direction de Londres pour rencontrer un historien réputé qui pourrait authentifier les documents. Elena, quant à elle, retournerait à Berlin pour rencontrer son contact journaliste.

Alors qu'ils se préparaient à partir, Adrian prit Claire à part. Dans un coin de la chambre, loin des oreilles des autres, il lui parla à voix basse. "Je suis désolé de t'avoir entraînée dans tout ça," dit-il doucement, ses yeux cherchant les siens.

Claire lui sourit, serrant sa main. "Ne le sois pas. Nous sommes ensemble dans cette histoire, jusqu'au bout."

Pendant ce temps, dans un bureau sombre à Berlin, Johann Richter, qui avait réussi à échapper à la police, coordonnait la réponse des Gardiens. Son visage, habituellement impassible, était marqué par la colère et la frustration.

"Trouvez-les," ordonna-t-il à ses subordonnés. "Et récupérez ce dossier à tout prix. L'avenir de l'Europe en dépend. Nous ne pouvons pas laisser des décennies de travail s'effondrer à cause de quelques idéalistes."

Alors que le soleil se couchait sur Genève, nos héros se séparaient, chacun portant une partie du dossier explosif et le poids de la responsabilité qui l'accompagnait. La course contre la montre avait commencé.

L'Opération Nachtfalter, ce secret vieux de près de 80 ans, était sur le point d'être révélé au monde. Et avec lui, des décennies d'intrigues, de manipulations et de crimes allaient être exposées à la lumière du jour.

CHAPITRE 9 :
LA VÉRITÉ ÉMERGE

26 juin 2023, Paris, France

L'aube dessinait à peine ses premières lueurs sur l'horizon parisien lorsque Claire et Adrian arrivèrent dans la capitale française. La ville s'éveillait doucement, ignorant encore le séisme médiatique qui se préparait. Ils se dirigèrent vers un petit café du Quartier Latin, où ils avaient rendez-vous avec Mathieu Durand, un journaliste d'investigation réputé.

Adrian, malgré la fatigue qui marquait ses traits, avait retrouvé une énergie nouvelle. Ses yeux brillaient d'une détermination farouche alors qu'il serrait contre lui la sacoche contenant les précieux documents. Claire, quant à elle, scrutait constamment les alentours, sur le qui-vive.

Pendant ce temps, à Londres, Erik et Thomas rencontraient le Dr. Elizabeth Hartley, une historienne spécialisée dans l'Europe d'après-guerre. Son bureau à l'université était un capharnaüm organisé de livres et de documents anciens.

À Berlin, Elena prenait contact avec son ancien collègue, Hans Schultz, un journaliste indépendant connu pour ses enquêtes sur les secrets d'État. Ils se retrouvèrent dans un parc discret, loin des oreilles indiscrètes.

Dans le café parisien, Adrian sortit le médaillon de sa poche. Il l'avait gardé caché pendant leur fuite, conscient de sa valeur inestimable. "Ce médaillon," expliqua-t-il à Claire, "contient des microfilms avec des preuves supplémentaires. Mon grand-père l'a créé comme une sauvegarde ultime."

Mathieu Durand, un homme d'une cinquantaine d'années au regard vif, scrutait les alentours avec la méfiance caractéristique des journalistes d'investigation. "Vous réalisez dans quoi vous vous engagez ?" demanda-t-il à voix basse.

Adrian hocha la tête, son visage grave. "Nous savons que c'est dangereux, mais la vérité doit éclater. L'Opération Nachtfalter a façonné l'Europe dans l'ombre pendant trop longtemps."

Pendant ce temps, à Berlin, Johann Richter convoquait une réunion d'urgence des Gardiens de l'Héritage encore en liberté. Dans un bureau souterrain, à l'abri des regards, il faisait les cent pas. "Nous devons les arrêter," gronda-t-il. "Utilisez tous les moyens nécessaires."

Le Dr. Ingrid Weiss, qui avait évité l'arrestation grâce à ses connexions, intervint. Ses cheveux gris étaient en désordre, trahissant son stress. "Peut-être devrions-nous envisager de négocier ? Contrôler la narration plutôt que de risquer une révélation totale ?"

Richter la foudroya du regard. "Négocier ? Avec ces... ces idéalistes ? Jamais ! Nous avons travaillé trop dur pour maintenir l'ordre établi par l'Opération Nachtfalter."

À Londres, le Dr. Hartley examinait les documents, son visage pâlissant à mesure qu'elle en comprenait les implications. "C'est... c'est incroyable," murmura-t-elle. "Si ces documents sont authentiques, c'est toute l'histoire de l'Europe d'après-guerre qui est à réécrire."

Erik et Thomas échangèrent un regard. "Ils le sont," affirma Erik. "Et c'est pourquoi nous avons besoin de votre aide pour les authentifier publiquement."

À Berlin, Elena et Hans Schultz travaillaient frénétiquement pour préparer un dossier complet. L'appartement de Hans, transformé en centre d'opérations improvisé, était jonché de documents et d'ordinateurs portables. Soudain, Elena remarqua une voiture suspecte garée en face. "Nous sommes surveillés," chuchota-t-elle.

Hans acquiesça gravement. "J'ai des contacts dans la presse underground. Nous allons utiliser leurs réseaux pour diffuser l'information."

À Paris, alors que Mathieu Durand finissait de lire les documents, ses yeux s'écarquillant à chaque nouvelle révélation, la porte du café s'ouvrit brusquement. Anton Verner entra, suivi de deux hommes à l'allure menaçante.

"Adrian, mon cher cousin," dit-il d'une voix doucereuse. "Tu ne pensais quand même pas que nous allions vous laisser faire ?"

Adrian se leva lentement, se plaçant devant Claire et Mathieu. Ses yeux, si semblables à ceux de son cousin, brillaient d'une détermination inébranlable. "C'est fini, Anton. Vous ne pouvez plus arrêter la vérité. L'Opération Nachtfalter et toutes ses ramifications vont être exposées."

Mais alors qu'Anton s'apprêtait à répliquer, son téléphone sonna. Son visage se décomposa en lisant le message. "Impossible..." murmura-t-il.

Claire jeta un coup d'œil à son propre téléphone et vit les notifications qui commençaient à affluer. À Londres, à Berlin, et dans d'autres grandes villes européennes, les premières révélations sur l'Opération Nachtfalter commençaient à faire surface.

Le plan avait fonctionné. La vérité émergeait, impossible à arrêter. Des détails sur les expériences médicales, les fortunes bâties sur des trésors volés, les manipulations politiques à grande échelle... tout commençait à être exposé au grand jour.

Anton regarda Adrian, une lueur de défaite dans les yeux. "Tu ne réalises pas ce que tu as déclenché," dit-il avant de faire demi-tour et de quitter précipitamment le café.

Mathieu Durand se tourna vers Adrian et Claire, un sourire aux lèvres. "Et maintenant, mes amis, préparez-vous. L'histoire est en train de s'écrire, et vous en êtes les auteurs."

Alors que le soleil montait dans le ciel parisien, Adrian et Claire savaient que ce n'était que le début.

L'Opération Nachtfalter était enfin exposée au grand jour.

CHAPITRE 10 :
L'HÉRITAGE DÉVOILÉ

28 juin 2023, Londres, Royaume-Uni

Le British Museum était bondé, une foule de journalistes et de citoyens curieux se pressant dans l'auditorium principal. L'atmosphère était électrique, chargée d'anticipation et d'incrédulité. Adrian, Claire, Erik, Thomas et Elena étaient assis sur l'estrade, aux côtés du Dr. Hartley et de plusieurs autres historiens et experts renommés.

Adrian s'avança vers le micro, son visage apparaissant sur les écrans géants derrière lui. Les caméras du monde entier étaient braquées sur lui, attendant avec impatience ses révélations.

"L'Opération Nachtfalter," commença-t-il, sa voix ferme malgré la nervosité, "n'était pas seulement une opération de la fin de la Seconde Guerre mondiale. C'était le début d'une conspiration qui a façonné l'Europe telle que nous la connaissons aujourd'hui et dont les ramifications s'étendent bien au-delà de nos frontières."

Pendant les heures qui suivirent, Adrian et ses compagnons dévoilèrent l'ampleur de leurs découvertes. Ils expliquèrent comment certaines familles influentes avaient collaboré avec d'anciens nazis, échangeant leur protection contre des connaissances scientifiques et des réseaux d'influence. Des documents projetés sur les écrans révélaient des accords secrets, des transferts de fonds occultes, et des listes de trésors artistiques volés pendant la guerre.

Elena, dont l'apparence étonnamment jeune suscitait désormais des murmures dans l'assistance, prit la parole. "Je suis la preuve vivante des expériences menées dans le cadre de l'Opération Nachtfalter," déclara-t-elle, sa voix tremblante d'émotion. "J'ai 68 ans, bien que mon apparence suggère le contraire. Ces expériences visaient à prolonger la vie humaine, mais à quel prix ? Des vies ont été sacrifiées, des familles détruites, tout au nom du progrès et du pouvoir."

Le Dr. Hartley prit la parole, présentant des preuves irréfutables de l'authenticité des documents. "Ces révélations remettent en question non seulement notre compréhension de l'histoire, mais aussi la légitimité de certaines institutions actuelles," expliqua-t-elle. "Des gouvernements entiers ont été construits sur les fondations de l'Opération Nachtfalter."

Pendant ce temps, à travers l'Europe, les réactions se multipliaient. Des manifestations éclataient devant les parlements nationaux, exigeant des explications et des démissions. Des commissions d'enquête étaient formées à la hâte dans plusieurs pays.

À Bruxelles, le Parlement Européen était en session extraordinaire. Les débats étaient houleux, certains appelant à une refonte complète des institutions européennes, d'autres cherchant à minimiser l'impact des révélations.

De retour à Londres, alors que la conférence touchait à sa fin, un journaliste posa la question que tout le monde attendait : "Mr. Verner, pensez-vous que l'Europe pourra survivre à ces révélations ?"

Adrian regarda ses compagnons avant de répondre. "L'Europe a survécu à des guerres, des famines, des dictatures. Elle survivra à la vérité. Ce ne sera pas facile, mais je crois que nous en sortirons plus forts, plus transparents, et plus unis. L'Opération Nachtfalter a été conçue dans l'ombre, mais c'est à la lumière que nous devons construire notre avenir."

Alors qu'ils quittaient l'auditorium, escortés par la sécurité, Claire remarqua l'expression pensive d'Adrian. "À quoi penses-tu ?" demanda-t-elle doucement.

"À mon grand-père," répondit-il. "À tous ceux qui ont gardé ces secrets pendant si longtemps, pensant peut-être protéger le monde. Je me demande s'ils approuveraient ce que nous avons fait."

Elena, qui avait entendu la conversation, intervint. Ses yeux, qui avaient vu bien plus que son apparence ne le laissait supposer, brillaient d'une sagesse durement acquise. "Ils ont fait ce qu'ils pensaient être juste à leur époque. Nous avons fait ce qui est juste pour la nôtre. L'histoire nous jugera, tout comme nous les jugeons aujourd'hui."

Le groupe se dirigea vers leur hôtel, conscient que leur travail était loin d'être terminé. Les jours à venir seraient cruciaux pour façonner la réponse du monde à ces révélations.

Dans leur suite, ils tinrent une réunion improvisée. Thomas, son ordinateur portable ouvert devant lui, faisait le point sur les réactions mondiales.

"Les États-Unis exigent des explications," rapporta-t-il. "La Russie nie toute implication. Et plusieurs pays d'Amérique du Sud et d'Afrique demandent une enquête internationale sur l'impact global de l'Opération Nachtfalter."

Erik, qui venait de raccrocher son téléphone, ajouta : "Mes contacts dans la police internationale m'informent que plusieurs arrestations de haut niveau sont en cours. Richter est toujours en fuite, mais le filet se resserre."

Adrian soupira, le poids de la situation pesant lourdement sur ses épaules. "Nous avons ouvert la boîte de Pandore. Maintenant, nous devons aider le monde à gérer ce qui en est sorti. Les secrets de l'Opération Nachtfalter vont redessiner la carte politique de l'Europe, peut-être même du monde."

Claire prit sa main, la serrant fort. "Ensemble," dit-elle. "Nous l'avons commencé ensemble, nous le finirons ensemble."

Alors que la nuit tombait sur Londres, le groupe savait que l'avenir était incertain. L'Opération Nachtfalter avait été exposée, mais ses ramifications continueraient à se faire sentir pendant des années.

Maintenant, il leur fallait s'assurer que ce changement mène vers un avenir meilleur, plus honnête et plus juste.

CHAPITRE 11 :
LES RÉPERCUSSIONS

30 juin 2023, Genève, Suisse

Le Palais des Nations bourdonnait d'activité. Une session extraordinaire de l'Assemblée générale des Nations Unies avait été convoquée pour discuter des révélations de l'Opération Nachtfalter et de ses implications. L'atmosphère était tendue, chargée d'anticipation et d'appréhension.

Adrian, Claire, Erik, Thomas et Elena avaient été invités à témoigner devant l'assemblée. Assis dans une petite salle d'attente, ils observaient sur un écran les débats houleux qui se déroulaient dans la grande salle. Le contraste entre l'agitation frénétique à l'extérieur et le calme relatif de leur refuge temporaire était saisissant.

"Je n'aurais jamais imaginé que nous en arriverions là," murmura Thomas, ajustant nerveusement sa cravate.

Erik hocha la tête. "C'est plus grand que nous maintenant. Nous avons ouvert les vannes, et le monde entier est emporté par le courant."

Un assistant entra dans la salle, son badge de l'ONU brillant sous les lumières fluorescentes. "Ils sont prêts pour vous," annonça-t-il, son ton professionnel masquant à peine l'excitation dans ses yeux.

Alors qu'ils se levaient pour entrer dans l'assemblée, Adrian sentit le poids du médaillon dans sa poche. Il le sortit, le regardant une dernière fois avant de le remettre à sa place. "Pour toi, grand-père," murmura-t-il, un mélange de fierté et d'appréhension dans la voix.

Dans la grande salle, le silence se fit lorsqu'ils entrèrent. Des centaines de paires d'yeux étaient fixées sur eux, représentant des nations du monde entier. L'ampleur de la situation les frappa de plein fouet.

Adrian s'avança vers le micro. Sa voix, bien que légèrement tremblante au début, gagna en assurance à mesure qu'il parlait.

"Mesdames et Messieurs les représentants, nous sommes ici aujourd'hui non pas pour accuser ou pour juger, mais pour révéler la vérité. L'Opération Nachtfalter n'était pas seulement une affaire européenne. Ses ramifications s'étendent à travers le monde, influençant des décennies de politiques internationales, d'accords commerciaux et même de conflits."

Pendant les heures qui suivirent, le groupe présenta les preuves qu'ils avaient rassemblées, répondant aux questions des délégués. Certains pays exprimaient leur indignation, d'autres leur incrédulité, d'autres encore leur culpabilité.

Alors que la session touchait à sa fin, le président de l'Assemblée prit la parole. "Ces révélations sont sans précédent dans l'histoire moderne. Elles nous obligent à reconsidérer non seulement notre passé, mais aussi notre présent et notre avenir. Une commission internationale sera formée pour enquêter en profondeur sur toutes les implications de l'Opération Nachtfalter."

En quittant le Palais des Nations, le groupe fut accueilli par une foule de journalistes et de manifestants. Certains les acclamaient comme des héros, d'autres les accusaient d'avoir déstabilisé l'ordre mondial. Les cris et les flashs des appareils photo créaient une atmosphère chaotique.

De retour à leur hôtel, ils s'effondrèrent dans leurs fauteuils, épuisés mais soulagés. La tension accumulée ces derniers jours commençait à se dissiper, laissant place à une fatigue écrasante.

"Et maintenant ?" demanda Claire, regardant Adrian.

Il soupira, passant une main dans ses cheveux. "Maintenant, nous devons nous assurer que la vérité ne soit pas manipulée ou étouffée. Notre travail n'est pas terminé."

Elena, qui était restée silencieuse jusque-là, prit la parole. "J'ai des contacts dans plusieurs pays qui sont prêts à témoigner. D'anciens membres des Gardiens de l'Héritage qui veulent se racheter."

Erik acquiesça, son instinct de détective reprenant le dessus. "Et j'ai reçu des informations sur la possible localisation de Richter. Il semblerait qu'il essaie de quitter l'Europe."

Thomas, son ordinateur portable sur les genoux, surveillait les réactions en ligne. Ses doigts volaient sur le clavier tandis qu'il analysait le flux constant d'informations. "L'opinion publique est divisée, mais la majorité semble soutenir la révélation de la vérité, quelles qu'en soient les conséquences."

Adrian se leva, regardant par la fenêtre la ville de Genève. Les lumières de la ville scintillaient dans la nuit, un rappel du monde qui continuait de tourner malgré les révélations qui l'avaient ébranlé. "Nous avons déclenché un séisme mondial. Maintenant, nous devons aider à reconstruire sur des fondations plus solides et plus honnêtes."

Claire rejoignit Adrian, prenant sa main. "Ensemble," dit-elle doucement. "Comme toujours."

Alors que le soleil se couchait sur Genève, le groupe savait que leur aventure était loin d'être terminée. L'Opération Nachtfalter avait été révélée, mais ses conséquences continueraient à se faire sentir pendant des années, voire des décennies. Ils avaient changé le cours de l'histoire, et maintenant, ils devaient s'assurer que ce changement mène vers un avenir meilleur pour tous.

Le poids de cette responsabilité était écrasant, mais ensemble, ils étaient prêts à affronter les défis à venir. L'héritage de l'Opération Nachtfalter était désormais entre leurs mains, et ils étaient déterminés à le transformer en une force pour le bien.

CHAPITRE 12 :
LE DERNIER GARDIEN

2 juillet 2023, Alpes suisses

Le soleil se levait sur les montagnes, baignant d'une lumière dorée le petit chalet isolé où le groupe s'était réfugié. Après des jours intenses de témoignages et d'interviews, ils avaient décidé de prendre un peu de recul pour planifier leurs prochaines actions. L'air frais des Alpes semblait purifier non seulement leurs poumons, mais aussi leurs esprits fatigués par les événements récents.

Adrian était assis sur la terrasse en bois, contemplant le paysage majestueux. Ses yeux, cerclés de cernes témoignant des nuits sans sommeil, parcouraient l'horizon comme s'il cherchait des réponses dans les sommets enneigés. Soudain, son téléphone vibra. C'était un message d'un numéro inconnu :

"Le dernier gardien attend au lac Étoilé. Venez seul."

Il hésita un moment avant de montrer le message à Claire et aux autres, qui s'étaient rassemblés autour de lui, alertés par son expression troublée.

"C'est sûrement un piège," dit Erik, fronçant les sourcils. Ses instincts de détective étaient en alerte maximale.

"Ou peut-être notre dernière chance d'obtenir des réponses," répliqua Adrian.

Après une longue discussion, ponctuée de débats animés et d'arguments passionnés, ils décidèrent qu'Adrian irait, mais que les autres le suivraient discrètement. La sécurité d'Adrian était primordiale, mais l'opportunité d'obtenir plus d'informations était trop importante pour être ignorée.

Quelques heures plus tard, Adrian se tenait au bord du lac Étoilé, là où tout avait commencé. Le soleil couchant donnait à l'eau sa forme caractéristique d'étoile, un spectacle à la fois magnifique et inquiétant. Le vent frais des montagnes faisait frissonner Adrian, à moins que ce ne soit l'anticipation de ce qui allait suivre.

"Je savais que vous viendriez," dit une voix derrière lui.

Adrian se retourna pour voir Johann Richter émerger des bois. L'homme semblait avoir vieilli de dix ans en quelques semaines, son visage marqué par la fatigue et la défaite.

"Pourquoi m'avoir fait venir ici, Richter ?" demanda Adrian, sur ses gardes.

Richter soupira, s'asseyant lourdement sur un rocher. Son costume élégant semblait déplacé dans ce décor sauvage. "Parce que c'est ici que tout a commencé, il y a près de 80 ans. Et c'est ici que tout doit finir."

Il sortit de sa poche un petit carnet usé. Ses pages jaunies semblaient contenir le poids de l'histoire. "Ceci contient les derniers secrets de l'Opération Nachtfalter. Des noms, des lieux, des accords qui n'apparaissent dans aucun autre document."

Adrian regarda le carnet avec méfiance. "Pourquoi me le donner maintenant ?"

"Parce que vous aviez raison," admit Richter. Sa voix, autrefois pleine d'autorité, tremblait légèrement. "Le poids de ces secrets est devenu trop lourd à porter. Peut-être que la vérité, aussi douloureuse soit-elle, est préférable à un mensonge qui nous consume de l'intérieur."

Adrian prit lentement le carnet. "Que va-t-il vous arriver maintenant ?"

Richter eut un sourire triste. "Je vais me rendre aux autorités. Il est temps que je réponde de mes actes."

Soudain, des bruits de pas se firent entendre. Claire, Erik, Thomas et Elena émergèrent des bois, suivis par plusieurs agents d'Interpol.

Richter se leva, résigné. "Je suppose que c'est la fin de la route pour moi."

Alors que les agents emmenaient Richter, Adrian ouvrit le carnet. Ses yeux s'écarquillèrent en parcourant les pages. "C'est incroyable," murmura-t-il. "Avec ça, nous pouvons enfin comprendre toute l'étendue de l'Opération Nachtfalter."

Claire posa une main sur son épaule. "Que faisons-nous maintenant ?"

Adrian regarda ses amis, puis le lac Étoilé qui scintillait dans la lumière du crépuscule. "Nous finissons ce que nous avons commencé. Nous révélons toute la vérité, et nous aidons le monde à guérir et à avancer."

Erik hocha la tête, un rare sourire éclairant son visage habituellement sérieux. "Ensemble."

"Ensemble," répétèrent-ils tous en chœur.

Elena, dont le visage jeune contrastait avec la sagesse dans ses yeux, ajouta : "Nous avons une responsabilité envers l'histoire, mais aussi envers l'avenir. Utilisons ces connaissances pour construire un monde meilleur."

Thomas, son carnet de notes à la main, semblait déjà prêt à se remettre au travail. "Je pense que le monde est prêt pour la vérité. Nous avons ouvert la voie, maintenant il faut continuer."

Alors que la nuit tombait sur le lac Étoilé, le groupe savait que leur aventure touchait à sa fin, mais que leur véritable mission ne faisait que commencer. L'Opération Nachtfalter avait été dévoilée, et avec elle, des décennies de secrets et de mensonges. Maintenant, il était temps de construire un nouvel avenir, basé sur la vérité et la transparence.

Adrian serra le médaillon dans sa poche, pensant à son grand-père et à tous ceux qui avaient porté ce fardeau avant lui. "Per aspera ad astra," murmura-t-il. À travers les difficultés, vers les étoiles. Le chemin serait long et difficile, mais ils étaient prêts à le parcourir.

ÉPILOGUE :
UN NOUVEAU CHAPITRE

15 décembre 2023, Paris, France

Le soleil d'hiver se couchait sur la capitale, parant les rues d'un halo orangé. Dans un petit café du Quartier Latin, Claire Lemaire était assise à une table en terrasse, un manuscrit ouvert devant elle. Les passants pressés par les derniers achats de Noël créaient une ambiance animée contrastant avec le calme qui émanait de Claire.

La clochette de la porte tinta, et Adrian Verner apparut, un sourire chaleureux aux lèvres. Il s'assit en face de Claire, déposant deux tasses de café fumant sur la table.

"Alors," dit-il en désignant le manuscrit, "qu'en penses-tu ?"

Claire ferma le document, un air pensif sur le visage. "C'est... fascinant. Tu as réussi à capturer l'essence de notre aventure tout en préservant le mystère. Les lecteurs vont adorer."

Adrian rit doucement. "J'espère bien. Après tout, c'est notre histoire."

Ils restèrent silencieux un moment, savourant leur café et la présence l'un de l'autre. Beaucoup de choses avaient changé depuis cette nuit au Lac Étoilé. Richter et plusieurs membres haut placés des Gardiens de l'Héritage avaient été jugés et condamnés. Le monde de l'histoire et de la politique avait été secoué par les révélations, mais un processus de guérison et de réconciliation était en cours.

"Des nouvelles d'Erik et Thomas ?" demanda Claire, rompant le silence.

Adrian hocha la tête. "Erik est retourné à Berlin. Il travaille maintenant comme consultant pour Interpol sur les affaires liées au trafic d'artefacts historiques. Quant à Thomas, il a reçu un prix pour son reportage sur toute cette affaire. Il est actuellement quelque part en Amérique du Sud, sur la piste d'une nouvelle histoire."

Claire sourit. "Et Elena ?"

"Elle témoigne devant la commission internationale. Son témoignage est crucial pour comprendre toute l'étendue de l'opération Nachtfalter et ses conséquences à long terme."

Adrian sortit de sa poche le vieux médaillon familial, celui qu'il avait porté autour du cou pendant des années avant de le cacher pour le protéger durant leur périlleuse aventure. "Tu te souviens de l'inscription ? 'Unus sed fortis'. Seul mais courageux. Je pense que c'est le moment de commencer un nouveau chapitre. Ensemble."

Claire serra sa main, émue. "J'aime cette idée."

Alors que le soleil disparaissait à l'horizon, baignant Paris dans la pénombre, Adrian se pencha par-dessus la table et embrassa tendrement Claire. C'était un baiser plein de promesses, d'aventures à venir et d'un amour né dans l'adversité.

Lorsqu'ils se séparèrent, Adrian murmura : "Per aspera ad astra."

Claire sourit, comprenant parfaitement. En passant par des difficultés, on atteint les étoiles. Leur voyage ne faisait que commencer.

Dans sa poche, le vieux médaillon brillait doucement, gardien silencieux de secrets anciens et de nouvelles promesses. L'histoire des Verner n'était peut-être pas terminée, mais un nouveau chapitre s'ouvrait, rempli d'espoir et de possibilités infinies.

Alors qu'ils quittaient le café, main dans la main, ils ne remarquèrent pas la silhouette familière qui les observait de l'autre côté de la rue. Le Dr. Ingrid Weiss ajusta ses lunettes avant de disparaître dans la foule parisienne. Elle savait que l'aventure n'était pas vraiment terminée. Après tout, il y avait toujours de nouveaux secrets à découvrir, de nouvelles vérités à révéler.

Et quelque part, dans les profondeurs d'un lac alpin, les vestiges d'un manuscrit attendaient d'être redécouverts, porteurs de vérités qui pourraient, une fois de plus, changer le cours de l'histoire.